ENTRE OMBRES ET LUMIERES

« J'ai appris que le courage n'est pas l'absence de peur, mais la capacité de la vaincre. »

Nelson Mandela

ISSERHEEAH DEEPA

Je suis née le 18 février 1992.

Depuis toujours, l'écriture est pour moi une véritable échappatoire, à travers ce livre, je souhaite raconter mon enfance douloureuse. Je guéris au fur et à mesure que mes mots se posent sur ces pages blanches tout en gardant espoir que la vie me sourira un beau jour.

Introduction

Je remercie mes proches de m'avoir soutenue dans l'écriture de ce livre. La vie n'a pas souvent été tendre, mais aujourd'hui elle me sourit. C'est mon histoire. Quelques noms ont été modifiés pour préserver l'anonymat de mes proches, mais mon histoire est bien authentique. On ne choisit pas sa famille ni l’endroit où l’on naît, mais on peut décider de son avenir et de l’endroit où l’on veut vivre.

18 Février 1992

L'arrivée dans ce monde

Un petit coin paradisiaque, une perle rare bordée par les eaux turquoise de l'Océan Indien. Une destination magique pour passer ses vacances. Avec une population multiconfessionnelle, tous les ingrédients sont rassemblés pour des vacances inoubliables au soleil, et mon histoire commence ici sur cette fameuse île. Je suis née au centre hospitalier universitaire de Port-Louis à l'Ile Maurice.

Mon arrivée sur terre fut bénie des dieux. Dès les premières contractions, ma mère est montée dans la voiture. Mon père l'emmena à l'hôpital sans dire un mot.

À l'angle de Volcy Poignet Avenue, une averse surprit tout le monde tandis que mes parents traversaient la capitale en taxi, se faufilant entre les voitures afin d'arriver à temps à l'hôpital. La route était difficilement praticable surtout par mauvais temps.

Maigre et affaiblie, ma mère portait un grand manteau noir, lui donnant un air triste. Elle fut prise en charge rapidement et l'accouchement se déroula sans complication. Mon père attendait dans la salle d'attente et envoyait des sms aux quatre coins du monde pour annoncer la nouvelle de mon arrivée, la famille s'agrandissait.

Personne ne sût me dire si ce jour-là mon père était heureux ou malheureux, s'il a souri lorsqu'il m'a vu, il était impassible comme toujours. Un homme comme lui ne laisse paraître aucune émotion. Il avait un second enfant, c'était une fille, il n'y avait rien à en dire, la vie était ainsi.

Mes parents avaient décidé de m'appeler Deepa, ce qui signifie lumière en hindi. Au bout de quelques jours, ma mère sortit de l'hôpital, j'allais enfin découvrir mon foyer et rencontrer mon frère aîné.

Nous habitions dans la ville de Rose Hill, située au centre de l'île, dans le confort douillet d'une petite maison toute simple, au pied de la montagne Corps de Garde. Pour mes parents, mon arrivée fut compliquée financièrement. A cette période, nous avions deux ans d'écart entre mon frère et moi. Seul mon père travaillait. Ma mère était femme au foyer car une femme ne pouvait travailler.

À l'annonce de sa grossesse, ma mère avait tenté toutes les méthodes possibles pour avorter, mais en vain. La vie en décida autrement et je fus un miracle, ce qui me sera par la suite une source inépuisable de force et de courage. Petit à petit, je grandissais, je fis mes premiers pas et dis mes premiers mots. Je jouais avec mon frère. Avec du recul, je pense que ce fût les plus belles années de mon enfance.

Je grandissais sans le savoir dans les pures traditions indiennes. Pour moi, c'était notre quotidien, je voyais ma mère prier le matin, puis elle assurait « son rôle de femme » à longueur de journée. Mes parents m'inculquèrent leur tradition dès mon plus jeune âge.

La façon de vivre des familles indiennes est différente de celle des pays occidentaux.

Mon père y tenait particulièrement, bien que ma mère soit aussi de culture indienne, elle montrait moins d'autorité à mon égard et était plus attentionnée. Les années passaient et les choses devenaient plus compliquées.

Janvier 1997

Ne tombe pas malade

Je fréquentais l'école Andy Pandy, mon enseignante s'appelait Madame Jenny. Comme chaque enfant de mon âge, pour moi, l'école était synonyme de jeux avec les camarades de classe. C'était un monde innocent et joyeux. Chaque camarade faisait de son mieux pour captiver la classe, nous étions heureux de nous retrouver. J'avais mon acolyte de classe, avec ses lunettes toutes rondes comme à la Harry Potter, qui me faisait rigoler.

Les moments à l'école sont pour beaucoup d'enfants en souffrance un temps où l'on peut souffler et où l'on se sent réellement un enfant.

Un mercredi après-midi, en sortant de l'école, j'ai commencé à avoir une forte fièvre. Mon père, comme à son habitude, n'était pas là, bien que ce fût son jour de congé. Mon père commençait à s'absenter de la maison de plus en plus et répondait rarement au téléphone. Au vu de mes symptômes, ma mère voulait m'emmener à l'hôpital, sauf que seul mon père conduisait. Elle fit alors appel à mon oncle et ce dernier arriva tout de suite à la maison. J'arrivais à peine à marcher, je souffrais tellement. Nous nous rendîmes à l'hôpital où le médecin me prescrit des médicaments. Puis, nous reprîmes la route, il faisait déjà nuit. Une fois à la maison, ma mère invita mon oncle à prendre un thé, afin de le remercier. Mon père était déjà rentré, il attendait dans le salon. Ma mère, sans dire un mot, me monta dans ma chambre, me mit au lit et redescendit.

La vue de son épouse en compagnie de son frère rendit mon père furieux. Une femme ne peut être seule avec un autre homme, même si c'est son beau-frère quelle que soit l'urgence de la situation, même pour un enfant malade. Au vu des tensions, mon oncle refusa le thé et préféra s'en aller.

Je quittais mon lit pour descendre dans la cuisine prendre de l'eau quand j'entendis leur conversation, je regardais discrètement vers le salon :

– « Que se passe-t-il, je t'en supplie n'en fait pas toute une histoire, notre fille était malade, ton frère nous a juste emmenés à l'hôpital. » lança ma mère.

– « C'est moi le père de nos enfants ! » hurla mon père.

Ma mère n'eut pas le temps de répondre qu'il commença à l'insulter et la frapper. Je fus effrayée et remonta en vitesse dans ma chambre. Je me suis aperçue très jeune qu'elle n'était pas uniquement une mère au sein de notre famille mais aussi une femme battue.

Perturbée, je regagnai mon lit et je ne bougeai plus. Des larmes coulaient sur mes joues, je n'avais que 5 ans et je ne savais pas ce qui se passait, quelle bêtise ma mère avait pu faire. C'était de ma faute, j'étais malade. J'entendis mon frère qui entra dans ma chambre et me dis « ça va aller, ne t'inquiète pas ». Il me prit dans ses bras et mit ses mains sur mes oreilles pour que je n'entende plus mes parents.

Tout le monde n'est pas triste pour les mêmes raisons : "certains enfants le seront après avoir été déçus, d'autres après avoir perdu quelque chose à laquelle ils tenaient". Mais une chose est sûre, du côté des parents, une seule solution s'impose : il faut consoler son enfant. Sauf qu'on ne sait pas toujours comment s'y prendre et mon père est malheureusement du genre à faire passer sa colère avant toute chose.

Consoler ou considérer un enfant n'est pas dans sa culture. Pour lui, un homme assure les besoins de sa famille et sa femme et ses enfants doivent lui obéir et le respecter. Mais qu'est-ce-que le respect ? Laisser sa fille malade par peur de demander à son beau-frère de nous conduire à l'hôpital? Le respect est-ce accepter les coups, les insultes en silence ?

L'inestimable avantage pour un enfant, c'est d'être guidé par un être plein d'expérience et d'affection, nul ne peut tenir ce rôle mieux que ses propres parents. Mais lorsque ces derniers ne peuvent assurer ce rôle comment l'enfant peut-il se construire ?

Les années suivantes n'avaient plus la même saveur, même mon acolyte ne me faisait plus rire. Le soir où j'ai vu mon père battre ma mère, mon innocence s'est envolée.

Les jours passaient et se ressemblaient, mon père ne se cachait pas et frappait ma mère pour une raison ou une autre puis pour rien.

Février 2002

Mes dix ans

On était le 18 février 2002, jour où j'allais souffler mes dix bougies. Un jour inoubliable avec toute la famille réunie, car c'était les vacances scolaires.

J'étais tellement émue que je n'ai pas pu m'empêcher de laisser quelques gouttes d'eau salée me recouvrir le visage. Je ressentais de nouveau un peu de bonheur.

– Joyeux anniversaire Deepa ! s'écria mon frère avant de m'offrir des fleurs qu'il avait cueillies.

Je fis un souhait et souffla mes bougies. Toute la famille passa à table. On partagea un cari de crevettes qui est un plat en sauce avec des tomates et des épices servi avec du riz, des lentilles et en dessert un délicieux pain perdu que ma mère avait préparé avec beaucoup d'amour.

Je n'oublierais jamais la belle robe rose que je portais ce jour-là, mon petit chapeau d'anniversaire avec des dessins de princesse et mes belles chaussures. Un jour vraiment spécial à mes yeux. Cette journée se déroula sans embûches, sans coups ni larmes. Ce fut une journée de répit.

Le lendemain, la vie reprit son cours, c'était un mardi matin ensoleillé. A huit heures du matin, l'odeur du pain chaud embaumait la cuisine familiale. Comme à son habitude, ma mère avait préparé du thé pour accompagner le pain. Elle y ajoutait de la poudre de lait et de la cardamome. Réveillée par cette agréable odeur, je me précipitais hors du lit.

Mon père était assis sur sa chaise, il s'adressa à ma mère :

– « Occupe-toi des enfants. Après avoir mangé, nous irons faire des achats pour le mariage de Rakesh ». Rakesh était un ami à mon père.

Je me sentais heureuse, j'aimais sortir, c'était tellement rare. Quand je sortais avec mes parents et mon frère, j'avais le sentiment d'être dans une famille heureuse comme les familles que je voyais à la télé. À l'extérieur, mon père ne criait pas car il devait montrer l'image d'un père exemplaire qui sait tenir sa famille sans la frapper. J'avalai mon petit déjeuner en quelques secondes et filai me préparer. Mes parents achetèrent ce qu'il fallait et nous rentrâmes à la maison. La sortie fut courte mais elle me permit de vivre un moment d'illusion de bonheur.

Le jour du mariage arriva, c'était le samedi. Ma mère me réveilla et me donna du thé. Je n'arrivais pas à le boire, je me levai et je marchai doucement vers le parquet vernis, ma tête tournait et j'avais des nausées. J'allai chercher ma mère, elle était dans la cuisine avec mon père.

« On sort de la maison à onze heures. Assure-toi que les enfants soient prêts et présentables. » disait-il.

En me voyant arriver, ma mère comprit que j'étais malade. Elle me donna un verre d'eau et me raccompagna à la chambre. « Il faut t'habiller maintenant, nous serons en retard, tu connais ton père. » Cette phrase me fit sourire, car non je ne le connaissais pas. Il n'était jamais là, ne s'adressait pas à moi et quand il était là, c'était juste pour donner des ordres à ma mère ou la battre.

Après quelques minutes, je tirais, tant bien que mal, de l'armoire, ma longue robe blanche pailletée qu'on avait achetée lors de notre sortie. Je filai dans la salle de bain et rentrais sous l'eau. Je laissais l'eau coulée sur mon visage quand soudainement tout est devenu flou. Je sortis brusquement de la salle de bain enveloppée d'une serviette et me dirigeais vers les toilettes et vomis.

Profitant que la salle de bain se libère, mon père y rentra et commença à se raser en ne me portant aucune attention alors que je vomissais juste à côté de lui.

Je relevai la tête, tira la chasse et le regarda. Il était beau, très bien habillé, une belle chemise rouge et un jean bleu de la marque “Celio”. Mais lui ne me regarda pas, j’étais invisible à ses yeux.

Alertée par le bruit, ma mère arriva : « Tout va bien ? Tu es toute pâle. »

« Ce n'est rien, remets-la à la douche, qu’elle soit propre. » dit simplement mon père.

Après la douche, je m’allongeai dans mon lit. Mes parents finissaient de se préparer. Seule, dans le noir, le corps alourdi, je pleurais. Mille questions me traversaient l’esprit.... Est-ce que mon père m’aimait? Pourquoi ne m’a-t-il pas aidée alors que je souffrais sous ses yeux? Pourquoi ? Qu’avais-je fait de mal? Puis, je m'endormis les yeux pleins de larmes.

Un bruit venant de l'extérieur de la maison me fit sursauter et me réveilla. Je me levai de mon lit pour regarder à travers la fenêtre et je vis la voiture de mon père qui s'en allait. Il partait au mariage, seul. Je suis alors descendu et j'ai vu ma mère les yeux et le visage rouges, elle me serra dans ses bras et me dis : « Tout va bien, je suis là. »

C'est alors que je compris que je n'avais pas d'importance aux yeux de mon père. Il rentra à la maison après deux jours et ne demanda pas de mes nouvelles, comme si rien ne s'était passé.

La vie familiale recommença. Personne n'aborda son absence, où était-il, avec qui ? Silence total car on ne questionne pas un homme.

Ce soir-là, mon frère, qui dormait dans la pièce à côté, vint me voir et me pris dans ses bras. Il me raconta des blagues pour me faire rire et je m'endormis en l'écoutant. Il était pour moi un véritable repère et me soutenait, nous ne parlions jamais de mon père ou de ce qui se passait à la maison. Lorsque mon père était absent et que nous nous retrouvions tous les trois, nous passions notre temps à rigoler, à chanter, à danser. Nous ne pouvions pas le faire en présence de mon père avec ses réflexions ou ses remarques piquantes qui nous plongeaient souvent dans un grand silence et me mettais mal à l'aise.

En absence de mon père, ma mère nous préparait des sandwichs de soixante centimètres de long, je voyais dans ses yeux cette inébranlable force, elle mettait toujours l'accent sur la simplicité de la vie.

Elle me disait : « Deepa, sois toujours courageuse et gentille. Là où il y a de la bonté, il y a du bien et quand il y a du bien, il y a toujours de la magie. » Je secouais la tête et rêvais à tout ce que je pouvais réaliser avec tous ces conseils, car en effet tout cela avait du sens.

Mars 2007

L'année de mes quinze ans

Cela faisait quatre ans que j'avais intégré une des meilleures écoles de la ville. On est le dernier jour de l'année scolaire et j'admire mon nom tout au-dessus du classement. Je suis la première élève de ma classe, celle qui devrait avoir plus de chances de réussite dans la suite des études et par la suite professionnellement. "Isserheeah Deepa" ce nom serait peut-être un jour en tête d'affiche, comme je l'ai toujours rêvé, et qui sait… Ce rêve allait peut-être se réaliser…

Je me dirigeai vers la classe de mon professeur principal, qui était de loin mon enseignante préférée, Madame Anjali

Jhagee. Son nom évoque encore pour moi, aujourd'hui, de merveilleux souvenirs. Elle représente un des rares souvenirs heureux de mon enfance.

Miss Jhagee était grande, elle avait des cheveux courts qui accentuaient son allure sérieuse. Elle s'exprimait dans un anglais parfait et avait pour ses élèves une oreille attentive et bienveillante.

« Installe-toi, Deepa. »

Je m'assis, impatiente d'entendre ce qu'elle avait à me dire. « Je tenais à te féliciter pour tes bonnes notes en classe. »

Je ressentis au fond de moi, une joie immense, un sentiment qui m'était peu familier. Je me sentais fière, fière du chemin parcouru malgré les hauts et les bas au sein de ma famille. Mais une bonne nouvelle était à cette époque souvent accompagnée d'une mauvaise.

Ce soir-là, je regagnais le chemin de la maison avec un ressenti que je ne pouvais expliquer. Était-ce l'entrevue avec Miss Jhagee, était-ce seulement de la joie ? Pourtant je ressentais un malaise.

Quand je franchis le seuil de la maison, ma mère m'attendait dans le salon. Elle me servit une tasse de thé et m'annonça que mon frère partait en Irlande, mon père avait déjà fait une demande de prêt pour une somme de 500 000 roupies mauricienne ce qui équivaut à dix mille euros.

Ce dernier finançait le voyage de mon frère avec l'espoir qu'il travaille à l'étranger et envoie régulièrement de l'argent pour aider notre famille. Cette annonce me fit l'effet d'une claque. Bien sûr, j'étais heureuse pour mon frère mais je perdais aussi mon repère, celui qui me faisait rire pour ne pas entendre ma mère lorsqu'elle pleurait. Celui qui me faisait écouter les chansons romantiques sur lesquelles il draguait les filles. Je le savais, ma vie ne serait plus la même.

Le jour du départ arriva, je leur en voulais à tous de ne pas m'avoir parlé de ce départ. J'en voulais à mon frère de m'abandonner dans cette famille qui se brisait un peu plus chaque jour. J'en voulais même à la banque d'avoir accordé le prêt à mon père et plus que tout je m'en voulais de ne pas être pleinement heureuse pour mon frère, heureuse qu'il puisse vivre loin de nous, loin des pleurs, des disputes, heureuse qu'il vive la vie d'un jeune adulte. Ce jour-là, je me réfugiais dans ma chambre, je ne voulais pas le voir. Mon frère toqua à la porte, j'ouvris et me jetais dans ses bras, je ne voulais pas qu'il parte. Je ne voulais pas qu'il m'abandonne et en même temps, je voulais le suivre.

Il me dit un dernier au revoir et s'en alla rejoindre le taxi qui l'attendait devant la porte. Mes tantes étaient venues lui dire au revoir. Quand j'entendis le moteur qui démarrait, je me mis à courir. Mon corps ne m'appartenait plus, je n'en avais pas conscience mais je courais et je voulais arrêter la voiture. Je ne voulais pas qu'elle l'emmène loin de moi. Ma mère et mes tantes me rattrapèrent et me prirent par le bras. « Lâchez-moi ! » suffoquai-je.

Je me réfugiais dans ma chambre et je pleurais jusqu'à ce que je m'endormisse.

Les jours passaient et se ressemblaient, tout me paraissait fade.

J'avais terminé l'école, mon frère était parti, mon père rentrait de plus en plus tard. Quand il était présent à la maison, c'étaient des moments synonymes de disputes, de cris et de coups.

Je me levais et me couchais sans émotion, plus rien ne m'animait, ni même les appels dominicaux de mon frère. À Maurice, il n'existait pas d'abonnement internet. Mon père achetait donc une carte téléphonique de cent roupies mauriciennes soit deux euros qui leur permettait de parler à mon frère mais pas plus de trois minutes.

Mon père était fier de mon frère, il était surtout fier de pouvoir dire que son fils étudiait à l'étranger. Sur mon île, un enfant qui s'exile est synonyme de grande réussite : Londres, l'Irlande, les États-Unis, tous ces pays représentent un Eldorado pour les Mauriciens. S'y installer, étudier est le rêve de tous les enfants ou plutôt celui des parents qui le transmette à leur enfant. Cela est synonyme de réussite sociale, un enfant qui s'installe ailleurs est une bénédiction.

Peu après le départ de mon frère, mes parents ouvrirent une épicerie, ils avaient pu obtenir un prêt plus conséquent qui avait servi à financer le départ de mon frère et l'ouverture de leur commerce.

Cela n'avait pas amené la paix pour autant, mais ils gagnaient mieux leur vie.

De mon côté, j'avais repris le chemin de l'école. La veille de la rentrée, ma voisine me voyant toujours triste, m'offrit une petite boule de poils, sa chienne avait mis bas quelques mois auparavant. Grâce à lui je retrouvais le sourire.

J'avais passé mes vacances dans ma chambre pendant que mes camarades de classe profitaient de la plage et du soleil. Certains partaient voir leurs familles en Inde, à Rodrigues, aux Seychelles ou dans d'autres coins du globe. Ces endroits me faisaient rêver, je m'imaginais adulte parcourir le monde telle une exploratrice.

Mais ce n'étaient que des rêves, car pour mon père j'avais un tout autre destin. Je devrais me marier dans la pure tradition indienne, avoir une famille et répondre aux exigences de mon mari. Si ce dernier m'autorisait à travailler, alors, je pourrais peut-être exercer un emploi de secrétaire ou dans l'administration, mais un emploi compatible avec une vie de famille.

Un soir après les cours, je marchais pour rejoindre l'épicerie de mes parents. Ma mère semblait contrariée, elle essayait de joindre mon père pour la fermeture de l'épicerie. Ma mère n'avait rien avalé de la journée, elle était exténuée. Elle travaillait dur pour tenir l'épicerie. Mon père s'était absenté toute la journée et elle ne pouvait fermer l'épicerie ou la laisser sans surveillance. À mon arrivée, elle me donna cent roupies et me demanda d'aller acheter de quoi manger.

J'arrivai devant le snack qui servait des spécialités locales. Mon amie d'enfance Léti était au comptoir, elle prit ma commande et me dis : « Tu manges sur place avec tes parents ? Je viens de les voir, ils sont en terrasse à l'arrière ».

Étonnée, je lui dis que non, ma mère était à l'épicerie et que mon père n'était pas là aujourd'hui.

Perplexe, Léti me dis : « Tu en es sure ? Pourtant j'aurais juré que c'était ton père ».

Piquée de curiosité et attendant ma commande, je m'avançai vers la terrasse. Mon cœur s'arrêta, c'était bien mon père ! Mais la femme et les deux enfants qui étaient assis avec lui n'étaient ni ma mère ni mon frère, ni moi. Qui étaient-ils ?

Prise de panique, je fis demi-tour, pris ma commande et partis sans me retourner. Quand je sortis du snack, je me mis à courir le plus vite possible, comme une voleuse, comme si j'avais commis un crime.

Puis, je m'arrêtai et vomis. Je le détestais. Comment pouvait-il nous faire ça ? Les cris, les pleurs et les coups ne lui suffisaient plus. Il fallait, en plus, qu'il nous humilie aux yeux de tous.

Ma mère n'avait rien mangé de la journée alors que lui dinait avec une femme, sans aucun scrupule. Je regagnai l'épicerie, quand ma mère me vit arriver elle me dit : « Tu as vu un fantôme ou quoi ? Tu es toute blême ! Je n'ai pas réussi à joindre ton père. Tant pis, mangeons. Je réessaierai plus tard». Les mots ne sortaient pas de ma bouche, je lui donnai son sandwich et m'assis avec elle.

La scène revenait en boucle dans ma tête. Qui était cette femme et ses deux filles ? Mon père avait-il une double vie ? Que devais-je faire ? Me taire ? En parler ? Je voulais m'enfuir loin, loin de tout. Je vis ce soir-là une autre facette de mon père qui me dégoutait encore plus.

Je racontai, alors, la scène à ma mère. Elle me prit dans ses bras et me rassura mais je vis quand même des larmes couler sur son visage.

Quelques heures après, mon père arriva pour fermer l'épicerie, nous montâmes dans la voiture en silence et arrivés à la maison, je montai me coucher.

Ma mère et moi n'avons plus jamais parlé de ce que j'avais vu lors de cette soirée.

Mon père était toujours absent. Ma mère devenait de plus en plus triste, car nous savions avec qui il était. Ma boule de poils me suivait partout, c'était mon bonheur quotidien. Par miracle, mon père avait accepté que je le garde. J'avais décidé de l'appeler 'Loumi'.

Mon frère avait terminé le premier trimestre de son cursus, mais ne se sentait pas à l'aise en Irlande. Il décida de rentrer. Mon père avait du mal à cacher sa déception.

Le jour de son arrivée, il ne voyageait pas seul. Il était accompagné de la sœur de mon père qui habitait à Paris et qui venait passer quelques semaines sur son île natale.

J'étais comblée de retrouver mon frère, mais nous avions vécu tellement de choses en son absence que nos retrouvailles ne furent pas aussi intenses que notre séparation.

Tous les jours, ma mère préparait des plats indiens. Elle voulait faire plaisir à mon frère fraîchement revenu au pays mais elle devait en plus le faire pour sa belle-sœur, car mon père voulait que l'accueil soit parfait.

Il ne s’absenta pas pendant le séjour de sa sœur, car il voulait montrer l’image d’une famille parfaite et ma mère devait en faire autant. Au moindre faux pas, elle se prenait des coups. Le thé était trop chaud ou trop froid, les plats trop épicés ou pas assez, la nappe tâchée. Chaque chose était une bonne excuse pour la violenter.

Il m'arrivait de me dire que je préférais ses absences, car quand il était avec son autre famille, ma mère avait du repos malgré sa tristesse.

Un matin, ma tante partit au marché et mon frère à un entretien d’embauche, nous étions tous les trois à la maison. Je jouais avec Loumi quand soudainement j'entendis ma mère hurler : "au secours". Je courus dans la cuisine et vit mon père qui battait ma mère. Ses cris résonnaient dans le voisinage, mais personne ne venait à son secours.

J'étais effrayée en voyant mon père tabasser ma mère. D'un coup, il l’a pris par les cheveux depuis la cuisine et la traîna dans le salon. Il ouvrit la porte, descendit les marches d'escalier et, à chaque pas, cognait la tête de cette dernière contre le mur. Ma mère était ensanglantée. Il l'a jeté dans la cour et a hurlé : « Je ne veux plus te voir dans Ma Maison. »

Juste à ce moment-là, mon frère fut de retour de son entretien. Pris de panique, il prit contact avec mon oncle, le frère de ma mère. Celui-ci nous déposa en urgence à l'hôpital. Alors que je tenais ma mère dans mes bras, le sang continuait de couler. Nos vêtements étaient tachés. Je demandai à maman : « Pourquoi restes-tu avec lui ? »

Je savais au fond de moi que je n'aurais jamais de réponses à ma question mais je ne comprenais pas pourquoi nous ne pouvions pas nous enfuir tous les trois, loin de lui.

Elle fût hospitalisée pendant quelques jours. Même si les médecins insistèrent pour qu'elle porte plainte, ma mère refusait catégoriquement non seulement par crainte, mais aussi par honte. Le cœur d'une femme battue est comme une blessure enfouie qui peine à se rétablir.

Il n'est jamais trop tard pour recommencer, il n'est jamais trop tard pour trouver le bonheur aussi. C'est ce que j’aurais aimé dire à ma mère.

Août 2007

Une épreuve difficile ne se prolonge pas sans fin

Après sa sortie de l'hôpital, ma mère, ne sachant pas où aller, est rentrée chez nous. Mon père l'a accueillie avec des fleurs et des excuses. Cette scène a provoqué en moi de la colère et du dégoût. Est-ce que les fleurs peuvent guérir les blessures ? Est-ce que les actes de violence sont oubliables ?

Après quelques semaines, ma tante s'en est retournée à Paris. Nous retrouvions notre vie sans trop de perturbations. Les conflits étaient moins fréquents et mon père faisait preuve de plus de prudence et de canalisation. J'avais retrouvé mon frère et je continuais mes études.

Ce calme ne dura pas.

Une autre des sœurs de mon père vint quelques temps après, s'installer près de chez nous après sa rupture. C'était une femme aigrie et elle s'est mise en tête qu'il était nécessaire de me surveiller et de me corriger afin que je devienne une future épouse exemplaire et que je préserve nos traditions. Car selon elle, ma mère était une incapable et ne respectait pas les rites et rituels indiens. Elle s'autoproclama donc protectrice des traditions au sein de notre famille.

Pour éviter de sombrer face à toute cette violence, je m'évadais toujours dans mes rêves, je m'étais créé mon monde, monde que je partageais avec Loumi.

À cette époque, un ordinateur était nécessaire pour faire nos projets en classe et travailler sur des textes. Moi, je n'avais pas d'ordinateur pour travailler alors que tous mes camarades de classe en possédaient un. Sachant que je ne pourrais pas en avoir un vrai, je décidai d'en fabriquer un factice avec la complicité de ma fidèle boule de poils. Je pris une craie et je suis allé dessiner sur mon bureau, un ordinateur avec les touches du clavier. Loumi aboya comme s'il exprimait sa joie et je me mis à rire, cela ne m'était pas arrivé depuis longtemps.

Notre famille donnait l'illusion du bonheur, mon père était moins violent et ma mère tentait d'être pour mon père une épouse exemplaire.

L'épicerie fonctionnait bien. Mes parents faisaient un bon chiffre d'affaires. Mais quand on regardait de plus près on voyait des cicatrices et une profonde tristesse.

Un matin, mes parents décidèrent de changer quelques meubles dans la maison. Ils voulaient, également, changer les meubles de nos chambres mais ne pouvant financer deux chambres, ils décidèrent de faire un tirage au sort. Mon frère fût le grand gagnant. Le lendemain, il eut de nouveaux meubles.

Au fond de moi, je ne pouvais m'empêcher de ressentir de la tristesse même si j'étais heureuse pour mon frère.

En attendant que mon frère et mes parents trouvent de la place afin de mettre les nouveaux meubles, je pris une éponge et d'autres produits, pour essayer de faire de mon mieux afin que mes anciens meubles soient propres même si je savais qu'ils ne seraient jamais neufs.

Accompagnée de Loumi, je tentais de modifier ma chambre. Les larmes coulaient sur mon visage, mon cœur se serrait mais j'avais honte, pas honte d'avoir perdu mais honte d'être triste alors que mon frère lui avait gagné. Je me sentais perdue, submergée par des émotions contradictoires.

Cette journée comme toutes les autres passa. Mais, au fil des jours, mon sentiment de solitude s'amplifiait.

Alors, après les heures de classe, je me suis inscrite pour faire de l'athlétisme. Comme à chaque retour du cours de sport, ma tante s'indignait « une fille en tenue de sport, mais quelle honte. Une fille ne doit pas faire de sport, va plutôt apprendre à cuisiner, un mari va chercher une femme qui cuisine, pas une femme qui sait courir ! Tu ne devrais pas porter ce genre de tenue ! Une fille de ton âge doit mettre des saris et rien d'autre ».

Personne ne prenait ma défense, alors j'encaissais ses mots. Quand je n‘en pouvais plus, je montais dans ma chambre et je pleurais.

Mon frère n'était pas souvent à la maison, car il avait une petite amie, et une bande de copains. À son âge c'est normal, on sort, on s'amuse surtout quand on est un garçon. Alors qu'une fille, elle, jamais ne sort. Elle ne connaîtra jamais de premier amour. Le seul homme qui partagera sa vie, ce sera son mari et elle devra tout accepter pour maintenir sa famille unie aux yeux des gens. Tout comme ma mère qui s'est mariée à l'âge de 17 ans sans n'avoir connu aucun autre homme, a eu deux enfants et a subi toutes sortes de choses mais a tenu bon pour maintenir sa famille.

Un samedi matin, il n'y avait pas d'école, je me levai un peu plus tard que d'habitude et je descendis dans la cuisine pour prendre mon petit-déjeuner. Je surpris une conversation entre mes parents : « On a fait de bons chiffres ce mois-ci à l'épicerie, j'aimerais bien faire plaisir aux enfants. Dan a déjà eu de nouveaux meubles mais Deepa rien. Nous pourrions lui offrir un vélo, elle en rêve » disait ma mère.

« Non, c'est une fille, une fille ne doit pas faire de vélo, tu le sais ! » répondit mon père.

« Réfléchis-y, s'il-te-plait ! » lui dit-elle.

Depuis l'hospitalisation de ma mère, mon père écoutait un peu plus ma mère et elle pouvait s'exprimer sans prendre de coups à tout-va. Ce jour-là, elle plaida en ma faveur. Je m'assis pour prendre le thé, faisant mine de ne pas avoir entendu leur conversation.

« Après ton thé, nous irons au magasin de vélos » me lança mon père.

Cela me surprit tellement, que j'avala mon thé de travers. Non seulement mon père m'adressait la parole mais en plus il allait m'offrir un vélo. C'est sûr, je devenais folle et j'avais rêvé cette scène. Je ravalai ma salive, et me frottais les yeux mais ils étaient bien là devant moi. Je me pinçai mais toujours rien, c'était bel et bien réel.

J'enfilai mes vêtements et montais dans la voiture. J'essayais de ne pas laisser paraître mes émotions mais j'étais folle de joie, je me voyais déjà dévaler les rues, accompagnée de Loumi, les cheveux au vent sentant la liberté sur mon visage.

Arrivée au magasin, un vendeur au style très sportif, avec un badge où était écrit 'Joe' s'avança vers nous : « Bienvenue, je suis Joe, en quoi puis-je vous aider ?»

Mon père d'un air hautain lui dit : « Ma fille veut voir les vélos ».

Je n'en croyais pas mes yeux. Joe me montra les modèles les plus fous les uns des autres, j'étais tellement heureuse.

Soudain, mon père lança : « C'est bon tu en as assez vu, on rentre maintenant. » J'ai alors compris qu'il n'allait rien prendre pour moi. Effectivement, c'était trop beau. Dans la voiture, mon père me dit juste : « Il n'y avait aucune fille dans ce magasin, ni aucun pratiquant hindou, car une fille de bonne famille ne fait pas de vélos ! »

Brisée de l'intérieur, je ne bougeai plus et repartis dans mon monde. Ce jour-là, je pris une décision, non seulement je ferai du vélo mais en plus je ne deviendrais pas l'épouse parfaite d'Un Homme que je ne connais pas.

Non, qu'importe comment, je partirais de cette famille et je vivrais ma vie comme je l'entends.

Cette décision fut la plus belle que je pris de ma vie. Cette année-là, je décidai de construire mon avenir. Mon plan initial se mit en place sans que j'en sois consciente.

Bien que la vie ne m'ait pas souvent fait de cadeaux, au fil des jours, je me montrais plus positive. J'étais persuadée qu'un beau jour, j'allais réussir dans la vie. Effectivement, de meilleurs jours m'attendaient et j'allais, un jour, prendre une belle revanche sur la vie.

Décembre 2008

Après la pluie, le beau temps, roman de la comtesse de Ségur, édité en 1871

Comme je me disais souvent à cette période, là où se trouve une volonté, il existe un chemin.

J'étais déterminée à partir et à vivre ma vie. Beaucoup de chemins mènent à la réussite, mais un seul mène immanquablement à l'échec, celui qui consiste à vouloir plaire à tout le monde.

Mon père avait pris ce chemin, mais ce ne serait pas le mien. Je ne deviendrais pas une réussite familiale pour plaire à la société.

À cette époque, ces phrases défilaient mille fois dans ma tête :

‘ *Ne confonds pas ton chemin avec ta destination.’*

‘Ce n’est pas parce que c’est orageux aujourd’hui que cela signifie que tu ne te diriges pas vers le soleil’.

De jour en jour, j’absorbais cette souffrance et la transformais en force.

La vie familiale tenait malgré tout. Mon frère multipliait les conquêtes et les sorties et mes parents étaient égaux à eux- mêmes.

À cette période, mon père eut son premier téléphone portable. Il n’était pas doué pour l’utiliser et oubliait régulièrement de couper la sonnerie. Son téléphone sonnait à plusieurs reprises la nuit. Il mentait, à chaque fois, disant que c’était pour le travail ou que c’était la famille qui vivait à l’étranger. Quelques mois plus tard, ma mère en possédait un également. Elle avait décidé de tester la sincérité de mon père et de vérifier s'il voyait encore sa maîtresse.

Ma mère décida alors de l'appeler en prenant une autre voix mais prise de panique, elle lui fit croire qu'elle s'était trompée de numéro. Bien que les tensions s'étaient un peu apaisées, ma mère ne voulait pas prendre de risque. Mais, rien ne se passa comme prévu, tout de suite mon père lui envoya un message en lui demandant son prénom. Il cherchait à faire connaissance.

Prise au piège, ma mère décida de jouer le jeu pendant un mois. Elle me mit dans la confidence. Elle lui fixa un rendez-vous, décidée à en finir avec ce jeu.

Le jour J, mon père se prépara et dit à ma mère qu'il partait au cinéma avec un ami d'enfance qu'il avait revu par hasard la veille à l'épicerie. Dès qu'il quitta la maison, ma mère enfila des vêtements indiens de cérémonie et une perruque. Maquillée, avec ses chaussures à talons, elle se déguisa pour qu'il ne la reconnaisse pas de loin. À cette époque, on ne possédait pas de voiture. Ma mère paya donc un taxi pour aller au rendez-vous et me demanda de l'accompagner.

Je n'avais jamais vu ma mère aussi déterminée. Voulait-elle quitter mon père et cette histoire était-ce pour elle un moyen d'y arriver ? Avait-elle enfin trouvé la force de partir ? J'étais soulagée. Je me voyais commencer une nouvelle vie avec ma mère. Nous ne serions que toutes les deux avec mon frère qui nous rendrait visite et, enfin, nous allions connaître le bonheur.

Une fois à destination, ma mère paniqua mais resta forte. Voir mon père de loin nous dégoutaient. Il n'était pas seul, mais avec un ami car son but était de céder la fameuse rencontre à son ami si jamais elle ne lui plaisait pas.

Mon père s'approcha, seul, dans un premier temps. Mais dès qu'il s'approcha de plus près, ma mère se tourna faisant mine de chercher quelque chose. Puis dès qu'il fut assez près, elle se tourna vers lui, en larmes. Pendant ce temps, je l'attendais dans le taxi et assistais de loin à cette scène.

Le chemin de la vie, c'est de passer de l'ignorance à la connaissance, de l'obscurité à la lumière, de l'inaccompli à l'accompli, de l'inconscience à la conscience. Ma mère prit conscience petit à petit de ses blessures non visibles et eut ce jour-là la force de dire stop.

En vérité, la femme a une puissance singulière qui se compose de la réalité de la force et l'apparence de la faiblesse.

Après cet épisode, ma mère et moi continuâmes de vivre chez mon père mais elle ne dormait plus avec lui. Elle avait mis fin à leur relation et cherchait sans relâche un appartement.

Mon père, quant à lui, était souvent absent. Au début, c'était pendant la journée. Puis au fil du temps, ce fut les soirées également pour finir par des jours entiers.

Je profitais de son absence pour jouer aux dominos avec ma mère et mon frère. Nous regardions des films, écoutions de la musique. Ces moments étaient une parenthèse de bonheur même si ce n'était qu'une illusion. Ma mère était une source d'amour, elle avait une oreille attentive, une main tendue et mettait toujours l'accent sur les choses simple de la vie. Ce sont ces valeurs que je garde d'elle.

Mars 2009

Une année très difficile

Un soir, mon père rentra ivre et commença à s'en prendre violemment à ma mère. Cette dernière s'enfuit chez ma grand-mère.

Après quelques jours, elle décida de revenir à la maison mais la situation ne s'améliora pas pour autant. Mon père redevenait violent et il s'en prenait désormais à moi, ayant peur que ma mère parte de nouveau et cette fois-ci pour de bon.

Une fois, mon père était très en colère, car j'étais rentrée de l'école à 16 heures au lieu de 15 heures. À peine rentrée, il me traîna dans ma chambre et commença à me frapper. Ma mère courut dans ma chambre et le calma.

Ce fût l'année la plus difficile de mon adolescence, il passait à présent sa violence sur moi.

À cette période, une chose m'aidait à surmonter ces épreuves difficiles : c'est la présence de ma mère. Elle était ma force. Souvent cette mélodie jouait dans mon esprit *''Mama You gave life to me, turned a Baby into a Lady, and mama all you had to offer, was a promise of a life time of love''*. Elle me protégeait du mieux qu'elle pouvait. J'attendais au fond de moi qu'elle trouve un endroit pour qu'on puisse s'enfuir elle et moi. J'y croyais chaque jour.

Mon frère passait son temps encore entre sa petite amie et ses copains mais il travaillait depuis peu.

Ma vie était devenue pire. Un jour, j'étais en forme et le suivant, j'allais à l'école avec des marques de ceinture. Malgré tout, je continuais mes activités après l'école car je m'étais, depuis peu, initiée à la boxe. Je n'arrêtais pas de m'entraîner après les cours. C'était une des meilleures façons d'oublier cette triste vie.

Un samedi matin, j'entendis klaxonner, c'était le facteur. Il y avait un courrier pour mon père qui venait des Seychelles. C'était bizarre, c'était un courrier différent des autres courriers. Ma mère l'ouvrit et, à sa surprise, elle vît une photo de famille. Mon père qui tenait dans ses bras une femme d'une trentaine d'années et sa fille avec un petit mot : ' Petit souvenir de Rodrigues avec toi, ma fille et moi, on t'embrasse fort, signé Emilie'.

Certaines fois, l'amour peut être douloureux mais il ouvre la voie au bonheur dans un premier temps et l'amour est aussi douloureux parce qu'il se transforme également. La personne, qui aime trop, se retrouve souvent à souffrir, puisqu'elle a l'impression que l'autre ne l'aime pas autant.

Avec toutes ses épreuves et ses histoires passées, ma mère ne pouvait plus faire marche arrière, elle devait partir. J'avais à présent seize ans, j'allais passer mon examen de fin d'études. En ses seize années d'existence, je n'ai pas vu ma mère heureuse, entre les coups, les violences, les mensonges. De mon côté, j'étais stressée, triste pour ma mère et pour cette vie pénible. Je me sentais faible et je souffrais en silence.

Je gardais en tête mon projet de partir et espérais toujours que ma mère nous trouve un logement, mais mon rêve se transforma en cauchemar.

25 Mars 2009

Sentiment d'abandon

Un soir, ma mère vient me voir dans ma chambre car elle devait me parler. Persuadée qu'elle allait m'annoncer qu'elle avait enfin trouvé une maison rien que pour nous deux, je sautais de joie.

Puis, elle me dit : « Je m'en vais, demain je prends l'avion ».

Mon monde s'écroula et le 'je m'en vais' m'abasourdit. J'étais brisée, mais quelque part, je compris qu'elle avait déjà pris sa décision et qu'elle devait s'enfuir. Elle ne pouvait plus revenir en arrière. Mais j'étais brisée, je me sentais encore une fois abandonnée. Je me sentais coincée, je ne pouvais m'enfuir.

Le lendemain, on prenait un taxi. En route, pour l'aéroport, je voulais lui crier de ne pas m'abandonner, de m'emmener avec elle, qu'on commencerait une nouvelle vie. Mais je ne pouvais pas, je ne voulais pas qu'elle fasse un pas en arrière, elle devait partir. Si elle le pouvait, alors je le pourrais aussi dans quelques années, je devais tenir.

Arrivées à destination, les aurevoirs furent douloureux, je serrais ma mère et pleurais toutes les larmes de mon corps. Je ne pouvais crier ma peine au monde. Je devais tenir. Ma mère monta dans l'avion et je fus pris de panique 'comment allais-je survivre sans elle ?'. Je regagnai l'extérieur et me passai de l'eau sur le visage. Je repris petit à petit mes esprits et pris un taxi.

Avril 2009

Seule

Après la séparation à l'aéroport, la maison fût vide. Mon frère était tout le temps chez sa petite amie ou au travail, ma mère était à présent loin de nous à Rodrigues et mon père vivait au grand jour avec sa maîtresse. Il n'avait pas perdu de temps.

Moi, seule à la maison, avec pour seule compagnie Loumi. J'allais bientôt passer mes examens et tout bascula à cette période. Je n'avais pas de soutien, personne à qui parler et partager mes peines et mes douleurs. Je voyais ma vie se dégrader à une vitesse folle.

Lorsque mon père était à la maison, il était fou furieux. Il ne contrôlait pas ses attitudes, ses réactions. Chaque pièce lui rappelait ma mère et la honte de la rupture bien qu'il ait refait sa vie. C'est fou de reconnaitre la vraie valeur de sa femme après une rupture. Mais la décision était déjà prise pour ma mère, elle ne reviendrait jamais. On a parfois tendance à lier notre valeur aux résultats que l'on obtient dans la vie. La maison devint alors un Airbnb. Des femmes de tout âge venaient y séjourner, mon père ne prêtait pas attention à ma présence et lorsqu'il le faisait c'était pour me battre.

Malgré la rupture de mes parents, je n'avais pas le droit de sortir, de voir mes amis après l'école. Ma tante surveillait chacun de mes gestes et s'empressait d'aller les rapporter à mon père qui trouvait toujours du temps malgré ses aventures, pour me frapper et me remettre comme il le disait 'sur le droit chemin'.

Je restais confiante, j'avais espoir de m'en sortir, mais quand ? Ça, je ne le savais pas.

L'école et le sport étaient devenus mes échappatoires.

Un beau jour, à l'école, l'occasion de jouer dans une pièce de théâtre s'est présentée. Je décidai alors d'y participer. J'avais réussi les épreuves de sélections et on m'avait attribué le rôle d'actrice principale.

C'était la première fois que j'allais représenter mon collège sur scène.

J'apprenais et récitais mes textes avec mon chien Loumi. Ça me faisait rigoler. J'avais l'impression qu'il m'écoutait avec beaucoup d'attention et remplaçait un être humain, il m'aidait à vaincre ma solitude.

Il y avait vingt-cinq collèges qui y participaient. J'enchainais les répétitions même après les cours, je stressais un peu au fond de moi.

J'étais heureuse rien qu'au fait de participer. Dans ma tête, il fallait réussir, car ma famille m'avait abandonné et il ne me restait que ça. Je devais réussir pour moi. Je travaillais jour et nuit pour apprendre mon texte puisqu'on allait bientôt passer en finale devant les jurys.

La finale eut lieu un jeudi, à Serge Constantin, dans l'ouest de l'île. J'avais deux places à offrir et j'ai décidé de les donner à mon père et mon frère. Avant de monter sur scène, mon cœur battait vite, mais ce n'était pas un frein. Je suis restée naturelle et à l'aise sur scène et à la fin, à ma grande surprise, je remportai le prix de la meilleure actrice.

C'était un jour spécial pour moi, je souriais de nouveau. Progressivement, cela m'a redonné le goût de vivre.

Avec un chèque comme récompense, je m'imaginais m'offrir un beau cadeau, mais mon rêve fut vite oublié. Mon père le prit et le mit dans sa poche, il me dit : « ça mettra l'essence car je suis quand même venu ici ».

Mon professeur voyant la réaction de mon père me demanda si tout allait bien. Je souris et lui dis « oui tout va bien ». Ce qui importait pour mon père, c'était la fierté, mais pas ma personne. Mais je restais solide, je me disais que '*la vie, c'est comme une bicyclette, il faut avancer pour ne pas perdre l'équilibre*'.

24 Décembre 2009

Autonomie

Les épreuves scolaires approchaient, et c'étaient aussi bientôt les vacances d'été.

Un après-midi, en rentrant à la maison, je vis deux filles et une femme dans la cuisine. Mon père m'accueillit avec un sourire, ce que je n'avais jamais vu. Il me présenta officiellement ma nouvelle famille. Youpi, dis-je ironiquement. Au fond de moi, j'étais terrifiée.

Quel sort m'attendait ? Je le découvris rapidement.

C'était fini pour moi de pouvoir me reposer après l'école. Je n'avais plus le droit de dormir dans le canapé. On commençait à me donner des ordres. Je devais tout le temps faire les machines, faire le ménage. C'était du genre, j'étais devenu une Cendrillon dans ma propre maison d'enfance. Mon père commençait à renforcer ses règles et était forcément constamment à la maison. La maison était devenue un véritable cauchemar pour moi.

Tous les matins, alors que je dormais encore, il venait dans ma chambre pour y faire sa prière et il chantait en même temps. Car dans ma chambre, il y avait tous ses livres de prières nommés le 'Ramai'. Il m'obligeait à me réveiller, je n'avais plus d'intimité. Je n'avais rien contre sa religion sauf que j'avais déjà fait mon choix à cette époque et je voulais suivre mon propre chemin et cela commençait par mes choix de religion. Je préférais prier à ma façon. Je savais que cela ne lui plaisait pas, mais ça commençait à être contre-principe. Mais tant que je vivais sous son toit, je devais le respecter à la lettre.

Choisir une autre religion, c'était une façon de m'émanciper en secret. J'étais décidé à vivre ma vie différemment.

Tous les matins, mon père déposait les filles de sa nouvelle compagne à l'école mais moi, je prenais le bus. Pour passer les examens, il fallait payer 130 euros. J'ai supplié mon père pour pouvoir prendre part aux examens, car il ne voulait pas débourser cette somme et finalement il finit par l'accepter.

À l'ile Maurice, les examens ont lieu avant les fêtes de Noël. Cette période était très difficile pour moi car j'allais passer Noël sans ma mère, pour la première fois de ma vie.

Pour tenter d'égayer ce jour, j'avais acheté un sapin pour le mettre dans ma chambre avec les dernières roupies que j'avais. Ce jour-là, je me sentis particulièrement seule.

Mon père était avec sa nouvelle famille et mon frère passait la majorité de son temps avec ses amis et ses petites amies. Même si je ne travaillais pas à cette époque, je m'étais mise en tête de me préparer un repas de noël. J'avais inventé une recette avec ce qui restait dans le placard, macaroni beurre et un carré de fromage 'la vache qui rit'. Mais, malgré mes efforts pour rendre ce jour le moins triste possible, j'avalai mon repas en pleurant. Ce jour est encore, aujourd'hui, un douloureux souvenir.

Le soir, je posais mon petit cadeau sous le sapin et le lendemain, je l'ouvris.

C'était dur mais je faisais face à cette situation, je lisais parfois un verset de la Bible que ma mère avait oublié à la maison. Chacun se relève à sa façon et ce fut la mienne. J'avais l'impression qu'elle était là près de moi.

Les jours passaient et la solitude s'emparait de moi. Mon père oubliait souvent de me donner de l'argent pour les repas du midi. Au lieu de deux roupies, certaines fois j'avais droit à une roupie et d'autre, je n'avais rien. Je regardais les amis de classe manger et je restais seule dans mon coin.

Ma santé se dégradait, j'avais mal à l'estomac.

Déterminée à forger mon destin je débutai un travail à temps partiel. Mon frère qui travaillait déjà dans la communication, m'aida à intégrer le centre d'appel où il travaillait. Après l'école, je prenais le bus et travaillais jusqu'à 22 heures, en rentrant, je faisais mes devoirs et la routine prenait place, et petit à petit, je développais cette pensée : AUTONOMIE. Mon projet de quitter cette maison et de vivre pleinement ma vie se mettait petit à petit en marche, et ce, malgré les obstacles.

Le soir, dans le bus qui me ramenait chez moi, je regardais à travers la fenêtre et je me disais que je me devais de rester forte en toutes circonstances. La résistance à la douleur devenait ma source de motivation.

L'autonomie de la volonté est le principe unique de toutes les lois morales et des devoirs qui y sont conformes.

Au plus profond de moi, je ne suis pas sûre que les gens changent. Certains jouent un rôle pendant des années, ayant honte de révéler leur personnalité pour montrer une bonne image d'eux-mêmes et paraître parfait aux yeux de la société. Mais un évènement les conduit à révéler leur personnalité. D'autres personnes se plient à un rôle et deviennent ce qu'on attend d'elles sans jamais se connaitre réellement et donc sans jamais révéler leur vraie personnalité. Ces personnes peuvent rester toute leur vie sans dévoiler leurs réels visages puisqu'elles ne se connaissent pas elle-même.

Enfin, nous idéalisons certaines personnes par amour. Nous pensons qu'une personne colle parfaitement à ce que nous recherchons parce que nous avons besoin d'aimer et être aimé, que ce soit de nos parents, de nos amis ou de nos amours. Nous finissons par nous convaincre que cette personne est bien et lorsque l'amour se dissipe, nous avons l'impression qu'elle a changé. Mais est-ce elle qui a changé où est-ce qu'aveuglé par l'amour, nous n'avons pas vu qui elle était vraiment ? Est-ce que, par amour, nous n'avons pas voulu voir en cette personne le père idéal, la famille idéale, l'amie idéale ?

Petit à petit, je me suis rendu compte que j'étais complètement différente de mon père et c'est ce qui fait que je comptais peu à ses yeux.

Après l'école, je prenais mon sac avec un grand courage et me rendais au travail. Pendant que mes camarades de classe rentraient chez eux pour passer du temps en famille ou faisaient des activités, moi je débutais ma deuxième journée. Je travaillais tous les soirs pour pourvoir recevoir un salaire de 100 euros. C'est peu en Europe, mais sur mon île cela me permettait de manger correctement.

Un soir, en rentrant du travail, je vis mon père à la maison avec une autre femme. Il me dit : « C'est ta nouvelle belle-mère, tu devras lui obéir et la respecter ».

Sans aucune autre explication.

Je n'ai plus jamais revu son ex-compagne et ses deux filles, elles avaient tout simplement disparu.

Au premier regard, j'ai vite su qu'elle allait tout diriger. Quand je rentrais du travail, je les voyais devant la télé, ils dinaient ensemble. Ils ne m'ont jamais attendu pour dîner, jamais proposé de manger avec eux. Il n'y avait pas de communications entre nous, ça démarrait très mal. La maison, était totalement transformée, tout ce que ma mère avait pu installer ou décorer avait été changé, comme s'ils voulaient effacer toute trace de sa présence et de sa vie au sein de la maison. C'était difficile pour moi, j'avais très peu de nouvelles de ma mère et le peu qu'il me restait d'elle, ils l'avaient enlevé.

Depuis l'arrivée de ma nouvelle belle-mère, mon père était de plus en plus sévère. Il fermait toujours sa porte à clé alors qu'il ne l'avait jamais fermée même quand il était absent. Tous les placards étaient fermés, la chambre d'amis également. Je n'avais accès à plus grand-chose dans ma propre maison, j'étais chez moi sans être chez moi.

À peine j'avais commencé à travailler, que mon père me demanda 100 euros de participation aux frais. C'était tout mon salaire. Mais je résistais, car je me suis toujours dit que je m'en sortirais un jour ou l'autre, alors je lui donnais parfois 75 ou 80 et gardais le reste pour me nourrir comme je le pouvais.

À cette époque, je me sentais prisonnière dans ma propre vie. À faire tout ce qu'ils disaient, comme je n'avais pas le droit de donner ma proposition ou mon avis. Tout était déjà décidé, réfléchi par eux-mêmes. Je n'avais pas le droit d'inviter mes amis de l'école à la maison, ni mes voisines ! Je n'avais accès à rien, je devais me débrouiller pour manger, poursuivre mes études, travailler et surtout je me devais d'avancer et de ne pas sombrer. C'était l'enfer sur terre.

Mars 2010

Retrouvailles

Quelques semaines plus tard, je senti que j'avais de plus en plus mal à l'estomac. J'en ai parlé à mon père. Il me répondit : « Je n'ai pas le temps ». Sa réponse ne m'étonna pas.

Les douleurs devenaient plus intenses, ne sachant plus quoi faire je pris une décision qui allait changer ma vie.

Le soir même, j'ai appelé un taxi et pris quelques vêtements pour me rendre chez ma grand- mère. Une fois dans le taxi, je regardais le ciel et je me disais toujours qu'UN jour tout finirait par s'arranger.

Ma grand-mère maternelle était une femme qui était très aimante. Elle était un parfait équilibre entre force de caractère et joie de vivre. Je la voyais très peu. Mais ce jour-là, je sentis que je devais y aller. Je savais qu'elle ne me fermerait pas la porte. Une fois arrivé à destination, j'ai réglé le chauffeur avec toutes mes petites économies que j'avais. J'étais tellement soulagée d'arriver enfin chez ma grand-mère, une petite famille pauvre, mais riche en cœur.

Ma grand-mère me pris dans ses bras, me prépara un bon repas chaud. Le soir, je dormis avec elle dans son lit. Elle était très pudique et ne posait jamais de questions.

J'étais sa petite-fille et elle prenait soin de moi. Elle ne cherchait pas à savoir pourquoi j'étais là, pourquoi je n'étais pas venu la voir avant. Elle était là avec moi, C'est tout.

Je pense que c'est cela la définition de la bonté, donner sans se poser des questions, être présent pour les personnes qu'on affectionne au moment où elles en ont besoin sans leur demander pourquoi…

Le lendemain matin, je me réveillais reposée et soulagée. J'ouvris la porte et me retrouvai nez à nez avec ma boule de poils. Il m'avait suivi tout le long du chemin, prit le risque de se faire renverser par des voitures et avait réussi à me retrouver.

Tout le monde pense qu'ils ont le meilleur chien et ils ont tous raison, Loumi était là. Je crois que chaque chien entre dans notre vie pour nous enseigner quelque chose. Les chiens entrent dans notre vie pour nous enseigner l'amour, ils partent pour nous apprendre à perdre. Loumi demandait si peu, mais méritait beaucoup.

Lui, il m'a appris que je n'étais pas seule. Si seulement c'était possible, je lui enverrai bien un texto pour lui dire qu'il me manque. Je n'aurais pas hésité une seule seconde.

Une bonne nouvelle n'arrivant jamais seul, ma grand-mère reçut une lettre de ma mère qui disait : « Bonjour maman, je rentre, je ne pourrai plus revoir Radj mais j'espère que mes enfants me pardonneront, je serai chez toi le 29 mars. »

Ma grand-mère me tendit la lettre et mes larmes se mirent à couler sur mon visage. Le lendemain après-midi, j'allais revoir ma mère, j'étais contente de la revoir mais je me demandais si elle m'avait aussi écrit une lettre et si elle avait pensé à moi pendant tout ce temps.

Quand ma mère arriva, elle me prit dans ses bras. Je me suis mise à pleurer, tout était pardonné et tout allait s'arranger. Elle était là. Elle était revenue. Nous rentrâmes toutes les deux chez ma grand-mère. En fin de journée, mes douleurs d'estomac recommencèrent.

Ma mère m'accompagna à l'hôpital. Le médecin me prescrit des médicaments et m'annonça que si ça n'allait pas avec ces médicaments, il faudrait procéder à une opération pour enlever la grosseur que j'avais à l'estomac. J'étais tellement paniquée. C'était la première fois que ça m'arrivait.

Après avoir quitté l'hôpital, la nuit était déjà tombée. Je n'avais plus d'argent et ma mère non plus, car elle avait déjà réglé les dépenses médicales. Du coup, on ne pouvait pas prendre le bus, on a marché pendant deux heures, pour rentrer chez ma grand-mère. Mais j'étais tellement heureuse d'être avec elle, que je me fichais de la douleur et de la fatigue. Elle était revenue.

Je restai chez ma grand-mère avec ma mère, mon père ne me cherchait pas. Tout se passait au mieux sauf pour ma santé, les douleurs s'aggravaient et je pouvais à peine bouger. Je ne pouvais plus continuer à travailler. Ma grand-mère me préparait les plats que j'aimais, il y avait mes cousins et cousines. Je me sentais vraiment bien. Tout ce que j'avais toujours souhaité se réaliser. J'étais dans une famille aimante. Ma grand-mère est la seule à qui j'ai donné toute ma confiance. Elle avait toujours les mots justes et berçait toujours mon cœur de mille étoiles.

Avril 2010

Mon hospitalisation

Le verdict était tombé, je devais me faire opérer. Ma mère était là près de moi.

J'étais dans la salle d'admission et j'allais faire mes prises de sang. Elle leva sa main droite, les aurevoirs étaient tristes, mon cœur était si triste de la voir partir de nouveau.

Ma première expérience à l'hôpital était difficile, je devais rester à jeun. Il y avait beaucoup de monde, des gens qui criaient. On était à trente patients dans une salle. Ce n'était pas confortable, mais je réussis à fermer les yeux.

À dix heures, une infirmière me réveilla et je compris que c'était le moment de me faire opérer. Dans la salle de d'opération, je me sentais comme dans une série télé. Tout le monde portait des masques, au-dessus de moi, cela me semblait irréel.

L'anesthésie, fut le meilleur moment et deux questions de la part du médecin ont suffi à me projeter dans un monde parallèle.

Je me suis réveillée avec deux petites claques. Je voyais flou. Une fois dans la salle, j'avais une cicatrice qui allait rester à vie pour me rappeler cette époque douloureuse.

Les conditions d'hospitalisation sur mon île sont différentes. Ceux qui en ont les moyens se font soigner dans des cliniques privées avec des médecins renommés et du personnel médical aux petits soins, des infirmiers qui prennent le temps de vous donner des médicaments, de discuter. Les autres vont dans des hôpitaux pour les personnes qui ne peuvent pas payer, où les opérations sont parfois mal réalisées et où il manque cruellement de personnel.

Ainsi, ce jour-là, je ne vis ni médecin, ni infirmier, juste un aide-soignant qui m'apporta le repas.

Le soir, je n'avais pas faim, mais je réussis à avaler un biscuit. Quand j'avalais, j'avais terriblement mal à l'estomac, pas d'infirmiers à proximité. Je ne pouvais pas me déplacer, perfusée et faible, je me suis endormie.

À sept heures, le lendemain matin, j'étais debout, réveillée par une sensation désagréable, ma main était enflée, les infirmiers avaient oublié de m'enlever la perfusion.

Au même moment, ma mère arriva vers moi, elle était en sueur. Une fois encore, elle avait fait le chemin à pied, pour pouvoir me rendre visite par manque de moyen.

Puis, je vis arriver mon père. Étant à peine majeure et surtout étant une femme non mariée, le secrétariat avait jugé nécessaire de prévenir mon père. Quand vous êtes une femme, vous êtes soit sous l'autorité de votre père ou soit sous celle de votre mari.

La seule chose qu'il me dit fut : « Ta mère aurait pu changer ton drap ! »

Si seulement j'étais en forme et avais le pouvoir de dire les choses que je ressentais. J'aurais beaucoup de choses à dire. Mais je préférais me taire n'ayant pas assez d'énergie. Je me suis alors dit : peu importe ce que la vie t'apporte, lance un peu d'herbe sur cette merde et continue d'avancer.

Le médecin arriva quelques minutes après et annonça : « Votre fille doit se reposer et elle doit vivre dans un endroit où il y a de l'eau courante et un minimum d'hygiène ».

Sans que je puisse dire un mot mon père dit : « Elle revient à la maison ».

Le médecin acquiesça. Ma mère ne put s'y opposer et sans que je comprenne ce qui m'arrivait, un infirmier m'accompagna jusqu'à la voiture de mon père. Je voulais m'enfuir mais j'étais encore trop faible, mon cauchemar allait recommencer.

Mai 2010

Tâche de défendre ta petite santé et ta petite aisance et ta bonne humeur car le monde te laisse absolument à toi-même

Le trajet pour se rendre chez mon père fut insoutenable. Je voulais revoir ma grand-mère. Je croyais tellement y être arrivée, je pensais que j'avais réussi à échapper à cette vie mais je m'étais trompée.

Une petite voix dans ma tête chuchotait: « Persévère, tu y étais presque! »

Une fois arrivée, ma tante me fit la morale en me disant que ma mère m'avait abandonnée et qu'il fallait que je reste chez mon père. Car ici, j'avais tout ce dont j'avais besoin. Qu'ils allaient me trouver un mari qui prendrait soin de moi. Que c'était ma mère qui m'avait mis en tête cette idée de travailler et de m'enfuir. C'était une honte, un déshonneur. J'allais devoir réparer le préjudice que j'avais causé à mon père. Après sa femme, sa fille avait osé quitter le domicile. Pour elle, mon opération était ma punition et si je partais à nouveau je verrais les malheurs qui allaient m'arriver.

Je ne me laissai pas atteindre. Je savais ce que je voulais : je voulais être entourée de gens vrais et vivre ma vie.

Ma belle-mère me regardait à peine et ne me parlait pas. Je devais me lever pour manger et me laver. Je n'avais aucune aide. Dès qu'elle pouvait, elle me donnait des choses à faire et si je prenais du temps à les faire, elle me bousculait. Mon père, lui, ne disait rien.

Un matin, ils reçurent un appel. Un collègue de mon père était décédé et ils devaient se rendre auprès de sa famille. Je savais qu'ils ne pourraient pas m'emmener.

Inquiet que je puisse de nouveau m'enfuir, mon père ferma la porte de ma chambre à clé. Mais cela ne m'arrêta pas. Je pris une épingle et réussi à débloquer la porte, j'y mis tous mes efforts.

Une fois dehors, encore en pyjama, je courus sur la route jusqu'à ce que je croise un taxi. Ma cicatrice me faisait mal mais, tant pis, je devais partir. Je le suppliai de me déposer chez ma grand-mère et lui promis de payer sa course à mon arrivée. Face à mon désespoir, il accepta. Le trajet fut stressant, je regardais constamment derrière moi.

À la vue de la maison de ma grand-mère je criai de joie, j'avais réussi. En entendant mes cris, ma grand-mère sortit. Elle paya, bien évidemment, le taximan et me pris dans ses bras. Loumi était là lui aussi, lui au moins avait pu rester chez elle.

Ma grand-mère s'occupa de moi. Elle lava mes vêtements à la main, me donna à manger, m'acheta des médicaments. Cela me faisait de la peine car je savais qu'elle n'avait pas beaucoup d'argent, mais à la fois j'étais tellement contente d'être chez elle. Ce soir-là, je m'endormis devant la télévision, apaisée.

Le lendemain, je me réveillai le t-shirt plein de sang. Ma blessure saignait, ma course n'avait certainement pas aidé. Ma grand- mère fit appel à mon oncle, son fils. Il m'emmena alors au dispensaire et l'on me soigna.

Trois semaines plus tard, j'étais pratiquement remise. Je ne cesserai jamais de remercier cette étoile parmi toutes les étoiles d'avoir pris soin de moi et de m'avoir offert une place pour me reposer quand j'en avais grandement besoin.

Je devais me rendre à l'hôpital pour retirer le pansement et réaliser un examen post-opératoire pour s'assurer que tout se passait bien. Ma grand-mère n'avait pas pu m'accompagner. Étant à présent méfiante, je dis aux secrétaires que ce n'était pas la peine d'appeler mon père car il savait que j'étais là et viendrais me récupérer après son travail et m'attendrais sur le parking extérieur. Cette fois-ci j'avais tout prévu, l'infirmière enleva mon pansement et me dis de patienter le temps que le médecin arrive.

Après plusieurs heures, lassées d'attendre, je me levai pour aller demander de l'eau. En arrivant devant les toilettes, je faillis m'évanouir, mes jambes tremblaient. Mon père et ma belle-mère étaient là. Comment était-ce possible ? Le destin m'avait encore une fois joué un mauvais tour. Il s'avèra que ma belle- mère avait fait un malaise, mon père l'avait accompagné pour s'assurer qu'elle allait bien.

Je voulus m'enfuir et regagna la chambre pour prendre mon sac et courir mais, trop tard, le médecin était dans la chambre et mon père m'avait suivi.

Le médecin examina ma cicatrice et en conclut que tout allait bien.

Mon père me dit alors : « Très bien, on peut rentrer maintenant ».

Je regardai le médecin et lui chuchotait : « s'il vous plaît, non ».

Le médecin essaya alors de s'opposer à mon père qui s'était déjà avancé vers moi et m'avais pris le bras pour me tirer hors de la chambre. Mon père le bouscula et le menaça de porter plainte pour séquestration de femmes et abus de confiance.

Déconfit, le médecin s'écarta et nous laissa partir.

Le sol s'effondrait sous mes jambes. Ce médecin ne voulait peut-être pas prendre le risque que sa carrière soit entachée d'une plainte et m'avait laissé aux mains de mon bourreau.

En arrivant chez mon père, la vie reprit son cours, elle était rythmée par l'indifférence et les violences. Je n'avais plus ma place dans cette maison, plus rien ne me correspondait : leur vie de famille entre eux, les repas qu'ils partageaient sans moi, la musique et les soirées qu'ils faisaient entre eux.

A chaque fois qu'ils sortaient, ils m'enfermaient et s'assuraient que je ne puisse plus sortir. Parfois, ils s'absentaient durant plusieurs jours.

J'avais l'impression d'être invisible. Pour ne pas sombrer, j'essayais de me faire remarquer en essayant de leur parler. Mais, ils n'avaient jamais le temps pour moi et quand ils en avaient c'était pour me donner des ordres ou me bousculer.

Juin 2010

« Pleurer ne veut pas dire que tu es faible. Cela prouve seulement que tu as un cœur. »

Un soir avant de me coucher, je me mis à prier, je pris une bible que j'ouvris au hasard et je lus ce verset : *Apocalypse 7 :17 ... et Dieu essuiera toutes les larmes de leurs yeux.* " Je lus attentivement ces versets en versant des larmes, je me disais qu'un jour je ne pleurerai plus, je serais libre et je raconterais mon histoire.

Je n'arrivais jamais à discuter avec mon père. Mon insupportable colère et chagrin m'étouffaient à petit feu, mais je me disais toujours : ne sois pas triste, ne soit pas fâchée, si la vie te trompe ! Vise plus haut et ne te laisse pas atteindre par tout ce qui se passe autour de toi. Ton temps de joie, tu vas le créer cette fois !

Les jours passaient et je regagnais petit à petit plus de liberté.

Je repris des forces. Je savais que je devais mieux préparer mon départ et que m'enfuir ne serait pas la solution car il trouverait toujours un moyen de me retrouver, je devais préparer un plan et surtout je devais me reconstruire et devenir plus forte.

Je repris mes entrainements de sport et petit à petit je tentai de me construire un univers solide qui allait me permettre de quitter cet enfer et de couper les liens avec ma famille. Je voulais partir sans avoir à dépendre de ma grand-mère ou de ma mère, je me devais de supporter cet enfer jusqu'à ce que tout soit prêt pour enfin pouvoir mon vivre ma vie totalement libre.

Malgré ma bonne volonté, tous les actes défilaient dans ma tête. On n'éteint jamais le feu par le feu, alors je tentais de me faire la plus discrète possible et j'évitais les conflits. Ma tante continuait à me malmener et me percevais comme une ''fille qui finira sa vie malheureuse, qui n'était pas intelligente, car j'avais arrêté l'école tôt. Une fille qui n'allait jamais réussir dans sa vie, qui n'allait jamais voyager, jamais se marier.'' À leurs yeux, j'étais "une moins que rien."

Après quelques temps, mon père partit en voyage à Paris, il avait assez confiance pour me laisser seule. De plus, je savais qu'il ne m'emmènerait pas avec lui car il m'avait dit : « Toi, tu n'as pas d'argent, fais quelque chose de ta vie et peut-être que tu pourras sortir et voyager un jour. »

Je me sentais humiliée, blessée, je n'avais rien demandé. Une partie de moi était soulagée qu'il parte. Cela me permettrait d'organiser mon départ sans être constamment sous surveillance.

Une fois qu'il fut parti, je me sentis revivre.

J'ai profité de cette période pour reprendre un emploi. Je fus acceptée dans une entreprise d'assurances. Ma vie commençait à changer en mieux. Je ne vivais que pour moi. Tous les soirs, je regardais la télé. Je travaillais et je gagnais mieux ma vie.

J'étais polyvalente. Dès mon premier salaire, je commençai à mettre des sous de côté et mon projet de partir prenait forme. J'avais des collègues vraiment formidables dans cette entreprise et je commençais à nouer des liens avec des personnes extérieures.

Je commençais à prendre ma vie en main et vivais normalement du moins, je vivais comme je le souhaitais.

Au bout d'un mois mon père revint de Paris. C'était fini ! Tout redevait comme avant.

C'était fini cette liberté ! Mais, j'y avais gouté pendant un mois et j'étais bien déterminée à partir. J'avais pu mettre de côté des économies.

Petit à petit, l'enfer s'est de nouveau installé, les insultes et coups reprenaient.

Un soir, en rentrant du travail, je fus consternée de découvrir qu'il n'y avait plus de porte à l'entrée de ma chambre, plus du tout d'intimité. Mon père avait décidé de m'enlever cette porte, qui me permettait d'avoir un refuge. Je n'avais plus de lieu de sécurité ni d'échappatoire. Je me sentais vulnérable et constamment épiée, mais je devais tenir.

Plus que quelques mois et je serais enfin libre.

Quelques temps après cet épisode, un après-midi, de retour du championnat de boxe de ma ville, cette fois-ci c'est ma chambre qui n'existait plus ! Elle était transformée en temple hindou, mini-lieu de culte et totalement aménagé par ma belle-mère.

Ils avaient décidé que, désormais, je dormirais dans la maison collée à la leur.

Celle dans laquelle le frère de mon père s'était suicidé des années auparavant, par pendaison. Ses parents étaient eux aussi morts dans cette maison. J'étais à la fois soulagée de retrouver une intimité mais aussi effrayée à l'idée de vivre dans un tel endroit. La maison était vétuste et inhabitée depuis très longtemps. Elle était composée d'une seule chambre et d'une unique pièce à vivre. Il y avait un coin sanitaire basique, une cuvette pour les toilettes. Il y avait rarement de l'eau. Les murs étaient moisis et la toiture menaçait de s'effondrer. Mais, au moins, je gagnais un peu de liberté. Ils ont même accepté de mettre de l'électricité en la reliant un fil depuis la maison de mon père.

Un soir, en rentrant du travail, j'étais seule, mon frère étant absent, je suis entrée dans cette maison. La première chose j'ai fait c'est de vérifier que tout fonctionnait correctement. En me dirigeant vers la cuisine, je me suis rappelé de ma grand-mère paternelle et des vêtements verts qu'elle portait le jour de la mort de mon oncle. Puis, pendant que je me douchais, je pensais au dernier souffle de mon grand-père après que l'alcool l'ai emporté. Il n'y avait pas de rideaux dans cette maison. Vers vingt-trois heures, je me tournais et me retournais dans le lit. J'ai fini par appeler une amie à moi et je papotais pour faire passer le temps. Chaque fois que je pensais m'endormir, il y avait quelque chose qui m'en empêchait.

Vers minuit, j'entendis un bruit bizarre, comme si quelqu'un courait dans la cour, je me suis levée pour voir mais il n'y avait personne. Quelques minutes plus-tard, je n'avais plus de réseau, la communication avec mon amie coupa. J'ai posé ma tête sur mon oreiller et j'ai regardé mon téléphone. En le reposant, j'ai vu une ombre de la forme d'un homme dans l'angle près de la porte d'entrée, qui était en face de moi, Effrayée, je me cachai sous la couverture et priai pour que cette nuit passe vite.

Le lendemain matin, je me réveillai avec difficulté et je me rendis au travail. Je devais trouver un moyen pour effacer ses mauvais souvenirs dans ma tête pour pouvoir rester encore le temps d'économiser et de pouvoir partir loin de ce lieu. En fin de journée, à mon retour, je déplaçai les meubles et j'ai décidé que j'achèterai de la peinture afin de tout repeindre. J'avais pris la décision de redonner vie à cette maison.

Avoir un état d'esprit positif, c'est savoir très vite se relever des échecs, ne pas se laisser abattre par des évènements négatifs et voir le meilleur en chaque chose. La meilleure chose pour moi, c'était d'avoir un toit et de pouvoir me reposer après mon travail.

De jour en jour, je travaillais plus dur, faisaient des heures supplémentaires pour faire des économies et partir au plus vite.

Un soir, en rentrant du travail, il n'y avait plus d'électricité et dans ma tête, c'était une panne générale. Mais non, contrairement à ce que je pensais, c'était mon père qui avait coupé définitivement l'électricité. Malgré les travaux que j'avais entrepris, mon père faisait tout pour me punir. Je n'oublierai jamais ce soir-là.

Je l'ai supplié de réactiver l'électricité mais il ne voulut rien savoir. Alors, dorénavant, je m'éclairais avec des bougies.

Toujours après une dure journée de travail, je découvrais un cadenas sur la porte. Mon père avait choisi de reprendre la maison pour y entreposer du matériel.

Retour à la case départ. Je dormirais dorénavant sur un matelas dans le salon dans la maison de mon père. Je me sentais de nouveau humiliée. Je n'avais pas le choix et je ne pouvais pas prendre d'appartement car je n'avais pas assez d'argent. Je refusais de repartir chez ma grand-mère sans avoir assez d'économies pour vivre sans dépendre d'elle. Ma mère, elle, survivait. Être une femme qui a fait le choix de quitter son mari, lui avait fermé les portes de toutes aides, elle avait à peine de quoi se nourrir. C'était soit dormir sur un matelas ou soit être à la rue. Je devais tenir encore quelques mois et, ensuite, je pourrais enfin me prendre un appartement rien qu'à moi.

Un mercredi soir, en route pour aller à l'entrainement de boxe, je vis un vieil homme. Il avait l'air sympathique malgré son physique atypique. Il avait un visage rectangulaire, le nez arqué, le front droit et les joues saillantes avec de grandes oreilles. Le regard vif, le sourire poli. Il m'arrêta en route, me regarda et me dit : « Je vois dans ton regard que ça ne va pas. Mais tu ne dois pas t'inquiéter, car tu es forte et tout devrait bien se passer bientôt pour toi mon enfant. »

Surprise par ses mots, je lui dis simplement : « Merci mais ça va... » et continuais mon chemin.

Je ne savais pas si cette scène était réelle, si c'était un signe envoyé par l'univers ou par Dieu ou encore si c'était une hallucination. Je la vis comme un message.

En rentrant à la maison, mon père et ma belle-mère avaient déjà diné et ils étaient assis en train de regarder la télé. Comme je ne devais faire aucun bruit, je rentrais discrètement. J'avalais du pain et du beurre et m'allongeais sur le matelas dans le coin du salon.

À peine couchée, ma belle-mère s'écria : « La vaisselle ne se fera pas toute seule et il faut nettoyer la cuisine aussi ».

Je me demandais tous les jours quand ce cauchemar allait se terminer. J'ai toujours fait tout ce que mon père attendait de moi pour avoir son amour, avoir de l'attention mais en vain. Je me faisais la plus discrète possible, je n'étais plus qu'un fantôme. J'évitais de me rebeller pour ne pas perdre le peu de liberté retrouvée.

En secret, je préparais mon départ. J'imaginais ce que je ferai une fois libre. Je me voyais voyager à travers le monde : l'Australie, Paris, Madagascar, l'Europe et puis le reste du monde.

Un soir tout bascula.

C'était un samedi, je m'étais assuré d'avoir nettoyé la maison et tout rangé. Mon père et ma belle-mère étaient sortis, j'étais seule à la maison.

Ce soir-là c'était la finale régionale de boxe, j'allais pouvoir la regarder, j'étais heureuse, je trouvais des moments de bonheur dans ces instants du quotidien. 30 minutes plus tard, j'entendis mon père et ma belle-mère qui rentraient. Je ne bougeai pas, ma belle-mère sortit voir ma tante et mon père lui vint s'asseoir sur le canapé, il prit la télécommande et changea de chaine. Je ne sais pas ce qui me pris mais pour une fois, je ne pus garder le silence et lui dis : « j'étais en train de regarder… » Je n'avais pas terminé ma phrase que je recevais une avalanche de coups sur la tête et des claques. Je criais mais personne ne venait, ni ma belle-mère, ni le voisinage.

Alors, il plaqua sa main sur ma bouche pour m'empêcher de crier et avec l'autre main me donna des coups dans le dos, le bas du ventre et mes parties intimes. Je souffrais et essayais de me débattre. Puis, il me traina sur le canapé et me donna des coups avec son pied, des claques, je croyais que c'était mon dernier jour, il criait : « je vais te donner une leçon aujourd'hui, tu n'es pas ma fille, tu n'es rien, tu n'as fait que m'humilier depuis ta naissance, tu es comme ta mère !» Et il continua à se déchaîner, il ouvrit la porte qui donnait sur la terrasse, me traina par mes cheveux et mon t-shirt pour me pousser sur l'escalier, je criais tellement fort, dans ma tête et mon cœur, je me disais 'c'est mon dernier jour'. Je réussis à attraper le short de mon père et me tenir debout malgré les coups que je recevais en même temps.

Je réussis à le pousser et couru jusqu'à la porte. Je courus le plus longtemps et le plus vite possible. Il ne réussit pas à me rattraper mais je l'entendis me dire : « tu reviendras, je le sais ».

Après une quinzaine de minutes de course, je m'écroulai. Un voisin passa et me demanda si j'avais besoin d'aide. Je ne pus lui répondre que : « pas l'hôpital » et lui donner l'adresse de ma grand-mère.

Il réussit à m'y déposer. Ma grand-mère sortit et appela mon oncle. Il me porta et me mis dans le lit de ma grand-mère. Je mis des semaines à m'en remettre, autant physiquement que moralement. La présence de ma grand-mère et de mes proches m'a aidé à aller mieux, ma mère était présente elle aussi.

J'avais réussi à partir et je savais que je n'y retournerais plus. Je n'avais pas pu préparer mon départ comme je me l'imaginais mais, le résultat était là, j'étais partie. Je savais que j'allais devoir redoubler d'efforts pour me construire mais j'allais y arriver.

On mesure l'union d'une famille à sa capacité à traverser ensemble les étapes difficiles.

Ma grand-mère prenait soin de moi. Mes cousins et cousines me faisaient rigoler, je nouais des liens avec eux. J'avais dix-huit ans, je n'avais aucune obligation de retourner chez mon père mais je devais me déclarer habitant chez ma grand-mère et déclarer être en présence d'un homme membre de famille, à savoir mon oncle qui accepta.

Chose que je fis rapidement pour que mon père ne puisse plus me forcer à habiter chez lui et surtout j'avais acquis assez de force pour lui faire face. Je le croisais souvent, près de chez ma grand-mère, car il savait que ma mère et moi habitions là. Comme nous étions entourés de mon oncle et du voisinage ; il n'osait pas nous interpeller car tous les gens de ce quartier savaient qui il était vraiment.

On ne se parlait pas, je sentais qu'il me regardait, mais je n'affrontais pas son regard.

Je m'épanouissais chez ma grand-mère même s'il n'y avait que peu d'espace et que je devais partager le lit de ma grand-mère.

Une famille, c'est cela : quelques personnes qui s'aiment bien et se le répètent, à chaque instant, par de petites attentions, des taquineries, une voix tendre.

À cette période, c'est exactement ce dont j'avais besoin. J'étais heureuse, enfin entourée de gens aimants.

Après avoir guéri, je repris le chemin du travail et décrochai, cette fois-ci un poste à plein temps. J'avais postulé pour un centre d'appel, ma grand-mère m'aida financièrement pour que je puisse payer le bus et me rendre au travail. Parfois, le midi, je ne mangeais pas. Le premier mois fut difficile mais ce n'était rien comparé à ce que j'avais vécu.

J'eut droit pour mon premier salaire à onze mille roupies soit 250 euros, ce qui était très correct à Maurice.

Grâce à mon salaire, j'ai prêté main-forte à ma grand-mère pour les dépenses de la maison et lui ai remboursé les frais de bus, ensuite j'ai commencé à économiser graduellement. Je commençais à vivre ma vie, l’argent n’était plus un souci, je m’en sortais et surtout j’étais libre. Je passais de plus en plus du temps avec mon frère et ma mère, nous nous étions enfin retrouvés.

Février 2012

Patience

Vingt ans, la santé, la jeunesse flamboyante et l'envie débordante. Je travaillais de plus en plus dur et avais réussi à réaliser de belles économies. J'aidais ma grand-mère ainsi que ma mère. Nous ne manquions de rien.

Mes blessures étaient encore présentes mais j'étais en vie et je comptais bien en profiter.

Je réalisai mon tout premier voyage. Ayant travaillé sans prendre de congés, pendant plus d'une année entière, mon responsable me demanda de poser trois semaines de repos et je reçus en plus une prime du mérite. Je n'en croyais pas mes yeux. Comment était-ce possible ? Mais la vie me souriait enfin.

Une de mes collègues de travail qui était devenue une amie, avait prévu de passer deux semaines à Paris. Le premier soir de nos congés, nous avions décidé de diner ensemble pour fêter ça et elle me dit : « Pars avec moi. Tu as assez d'argent pour le billet et là-bas, nous serons chez ma tante, tu n'auras rien à payer. »

Deux jours après, je m'envolais vers Paris. C'était la première fois que je quittais mon île.

Je découvrais des choses incroyables, la neige, la tour Eiffel. Ces jours-là furent pour moi, une récompense, une revanche sur la vie. Une revanche sur tout ce que je n'avais pas eu.

De retour sur mon île, je passai mon permis et continua à travailler. Je me pris mon propre appartement et continua à me construire.

Je n'ai jamais reparlé à mon père. Je ne saurais jamais pourquoi il a agi ainsi, pourquoi il avait tant de haine et de violence à mon égard.

Mais je sais que, ce que j'ai vécu, je n'aurais jamais dû le vivre. Je sais que j'ai échappé à mon bourreau et à la mort. J'ai réussi à échapper au destin qui était choisi par ma famille et à construire ma propre vie.

De nos jours

Aujourd’hui, j’ai la trentaine et je suis une femme accomplie.

Je vis à l’étranger et j’ai visité une trentaine de pays.

Je vis une relation stable et saine. Le respect est présent et je refuse toutes les formes de violence ou de pression.

Ma mère a aussi refait sa vie et elle est, aujourd’hui, propriétaire de sa propre maison. Je la vois enfin épanouie.

Je sais que, comme nous, des milliers de femmes et d'enfants se battent chaque jour pour sortir des mains de leur bourreau.

Chaque personne a une histoire différente et à travers ce livre, je vous ai raconté la mienne. Poser ses lignes m'a permis de complétement guérir et de fermer définitivement cette page, mais je continue chaque jour à écrire une belle histoire sur chaque page blanche que m'offre la vie.

Tout ce qui en vaut la peine mérite la patience. J'ai été patiente et aujourd'hui, je vis.

D.ISSERHEEAH

Ile de la Réunion, Juin 2024

Imprimé à l'Ile de la Réunion

BIOGRAPHIE DE L'AUTEUR

Originaire d'une île paradisiaque, j'ai développé une passion pour l'écriture pendant la crise sanitaire mondiale de 2020. Pendant cette période d'interrogation, de réflexion sur l'essence même de ma vie et de recherche du sens à lui donner, j'ai commencé à écrire. C'est ce qui m'a aidé à guérir de mes blessures et à me découvrir.

Il y a eu quelques lignes de fiction ajoutées à cela et quelques années plus tard, j'ai pris la décision de publier mon premier livre intitulé « ENTRE OMBRES ET LUMIERES ».

www.ingramcontent.com/pod-product-compliance
Lightning Source LLC
LaVergne TN
LVHW050549160826
845677LV00011B/2236

* 9 7 8 2 9 5 9 3 3 9 4 1 7 *